사이버 페미니스트

정진경 시집

사이버 페미니스트

오후시선 02

시 정진경 | 사진 이몽로

역락

디지털 기계가 만들어내는 가상현실에서 인간은 여러 개의 정체성과 실존성으로 존재한다.

익명으로 존재하는 나는 '나'이기도 하고, '나'가 아니기도 하다.

나도 모르는 내가 수없이 복제되거나 분열되어 존재한다.

성性 정체성조차 무화無化 시키는 이곳은 21세기 실존성의 핵심적인 패러다임을 창출해내는 곳이다.

시인으로서 내 눈은 요즘 이곳에 프레임을 맞추고 있다.

2018년 겨울 정진경

혁명은 그로테스크한 무늬로 번진 창녀의 붉은 입술,

누구의 소유가 아니라서 처절하게 자유롭다

1부

생각하는 인간의 뇌는
신이 세운 질서를 이탈할 궁리만 하는 브레인
뇌와 접속된 아바타도 언젠가는
너를 만든 나로부터 도망갈 것이다

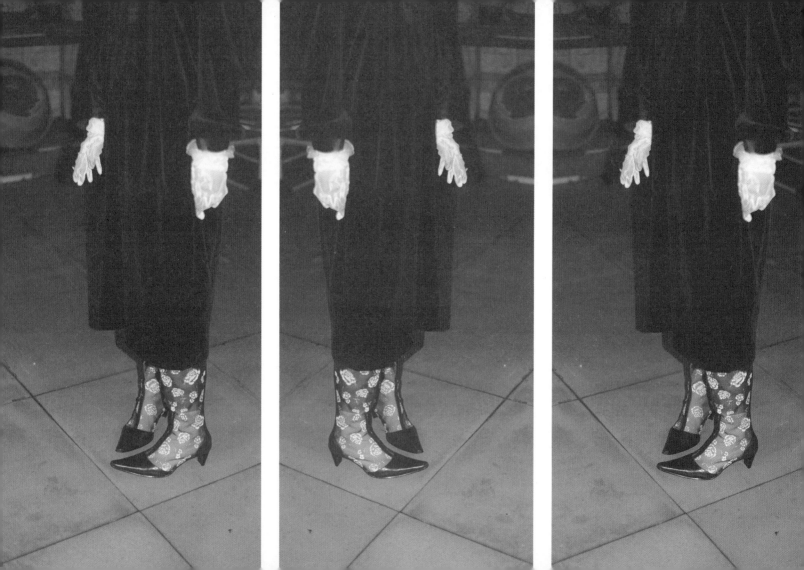

아방가르드 기생, 아바타

감성의 금기를 넘나드는

고매한 아날로그 기생의 풍류가 따분하지 않나요?

극기克근가 가장 어려운 유혹이라 했던 가요

내게 기생해서 나를 쓰러뜨리는 아바타쯤은 되어야

시류의 장단을 맞추는 아방가르드 기생이라 할 수 있죠

박사 기생이라고 들어보기는 했나요

절개와 지조를 생명처럼 여기는 정신주의 지표를

애교와 콧소리 진동으로 바꾸어 놓은

전자문자로 말하는 꽃,

가상현실 옷고름을 풀기가 무섭게

극기를 무화無化하는

아바타가 아방가르드 기생인 걸 인식한 적이 있나요?

천방지축 날뛰는 다중인격 욕망을 가진 여자

인터넷이 연결되는 순간 아바타 얼굴에 업로드 되어 있는

수상한 내 얼굴의 정체를 마주한 적이 있나요?

전자 스피커 장구채를 휘두르면

디지털 신호음 속에서 장구울음을 찾아내는

습관적으로 유연한 허리의 천민 근성

봉인한 금기를 푸는 축제에 더 적합한

감각의 즐거움만을

클릭, 하는

의도를 가지고 방향을 상실하는 아방가르드 기생이

내 속의 나인 걸 눈치 챈 적이 있나요?

유랑하는 영혼의 기질이 나를

아방가르드 기생으로 만드는 걸 알고는 있나요?

신인류의 출생기

장르 소설 애플리케이션을 다운로드 받는다
휴머니즘을 강조하는 인문학 철학 서적들은
아날로그 눈을 감은 지 오래고
생경한 직관을 찾아 오늘은 디지털 인간이 된다

애플리케이션으로 재구성되는 일상의 서사들
'호모앱플리쿠스'
터치하면 1004 버스를 내게로 안내하는
인공 지능의 뇌
1004 버스에 간단하게 승차한 생물학적인 뇌는
휴면기에 접어들고 있다

추억을 가지지 않는 뇌의 기억 장치가 녹슬어 가는 동안
신인류는 분만기에 이른다

줄기만 무성한 리좀의 사유체계들
인간을 가동하는 인문 철학 시대는 가고
디지털 체계를 가동하는 애플리케이션 시대가 왔다
몽골의 게르를 접듯이
수시로 삭제, 이동을 하는
터치를 반복해야 하는 인공 지능의 뇌는
사랑하는 추억을 놓아야
업로드 되는 속도가 빠르다

뇌 주름 동굴 사이 생각이란 것이 석화石花로 피고

'나의 뇌는 디지털 신호로 업로드 된다.
고로 나는 신인류로 존재한다.'

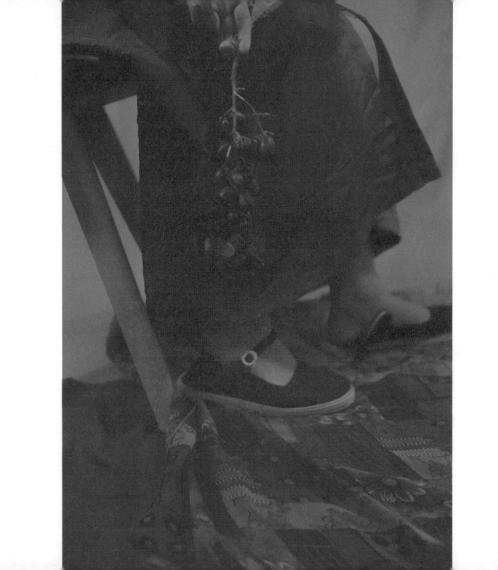

사
이
버
페
미
니
스
트
되
기

육체의 껍질을 벗어 컴퓨터 의자에 놓는다

신이 창조한 인간과
인간이 창조한 기계가 접속해 낳은 아바타
인간의 정신과 전자회로의 몸을 가진 나는
반인반회로의 존재로 살아간다

남성도 여성도 아닌 아바타
차이가 없어 차별이 없는 테크놀로지 유토피아
이 세상 페미니스트들이 원하는 젠더이다
근육질 남성의 패러다임이 사이버 공간에 침투해 있어
그곳에서 나는 사이버 페미니스트,
혼종의 존재로 새로운 사회활동을 한다

랄랄랄, 전자회로 문화에 저항하는 즐거움

아바타 게르는 편견이 없어 튼튼하다
어슬렁거리는 뱀 아수라 유혹과
심리적 아담과 심리적 이브의 밀당이
사이버 공간에도 존재하지만
화인火印이 강렬하게 찍혀 있는 성이 아니라서
생물학적인 강박증 불안은 존재하지 않는다

생각하는 인간의 뇌는
신이 세운 질서를 이탈할 궁리만 하는 브레인
뇌와 접속된 아바타도 언젠가는
너를 만든 나로부터 도망 갈 것이다

인간의 정신과 기계 몸을 차별하지 않는 그곳으로

병신 문화

울음과 놀아주며
흉살과 포옹하며
허물을 뒤흔드는 공옥진 춤사위
꽹과리를 치듯 진동하는 스마트폰
등이 굽어 있다

팔 하나가 부재중인 문자 메시지
환상통에 간지러운 마음이 절룩이는,
오지 않은 소식에 살풀이를 한다

오랜 시간 빈 집인 메일함,
스팸메일도 반가운 시간인데
절룩거리며 뒤틀리는 공옥진 춤사위가
스마트폰 몸체에 수건을 휘감는다
여백의 시간을 견디지 못해서 풀어진 공허감

한 마당 병신춤을 펼치듯 고꾸라진다

응답할 자세로 늘 사는 우리에게
환청으로 걸어오는 진동 소리
형체 없는 소식에 마음은 유령이 되어가고
설레는 기다림도 유령이 되어 있다
육갑을 떨면서 슬픔을 승화하는
공옥진이 그리운 날

마음이 불구인
병신,
병신 문화에 절어서 들리는 유령 진동
스마트폰이 목 놓아 운다

나는 기록된다 고로 나는 분열된다

어디선가 찰칵

누군가가 홍안을 동그랗게 뜨고

나를 기록하고 있다

왕가 혈통에는 근접하지도 못할 평범한 소시민의

후세가 읽어 줄 역사책 따위에는 언급되지도 않을

사초史草를 누군가가 찍어대고 있다

얼굴이 없는 승정원 승지가

눈동자 붉어 비스듬히 기댄 벚나무 나를 안고 찰칵,

에스컬레이터 계단을 오르는 짧은 치마가 나를 찰칵,

하면서 기록을 한다

기록이 되면서 나는 또 다른 나로 분열이 된다

아날로그 왕가 실록과 내가 다른 건

무한복제가 되어 가상공간을 떠도는 눈의 조롱거리

내가 테크놀로지 사초라는 것이다

찰깍 찰깍 어디선가 나를 기록하는 소리

침묵하는 입이 달린 그들과는 논쟁 할 수도 없는,

투명한 장막 속 조지오웰, '1984' 속편을 쓰는

누군가에게 감시를 당하는 사회

소통이 안 되는 플라톤 동굴, 어디선가 나를 찍어 대고 있다

네오 인터페이스·연애

혼술을 하던 남자는 터치를 하면서 꿈을 꾼다
장자의 나비가 촉수를 세우는 공간
앱 안의 여성과 디지털 썸을 탄다

-나이가 얼마나 되었나요?
-먹을 만큼 먹었어요

디지털 심장을 파르르 떠는 휴먼노이드 여성
무적함대 나이를 묻는 남성을 외면한다

-터치, 터치, 터치 이름이 무엇인가요?
-why? why? why?

기호와 몽상의 융합체 휴먼노이드는

교감하기 전에는 존재의 번호를 말하지 않는다

-검지로 강하게 터치, 당신은 누구세요?
-카오스 덩어리

밀당의 기술로 상대를 혼란스럽게 하는
목소리만으로 여성이라 믿는 남성들의
일장춘몽은 여전히 날개짓이다

터치, 터치, 터치……
장자의 나비가 터치, 남성의 꿈이 우화한다

* 사람과 기계가 대화하는 것.

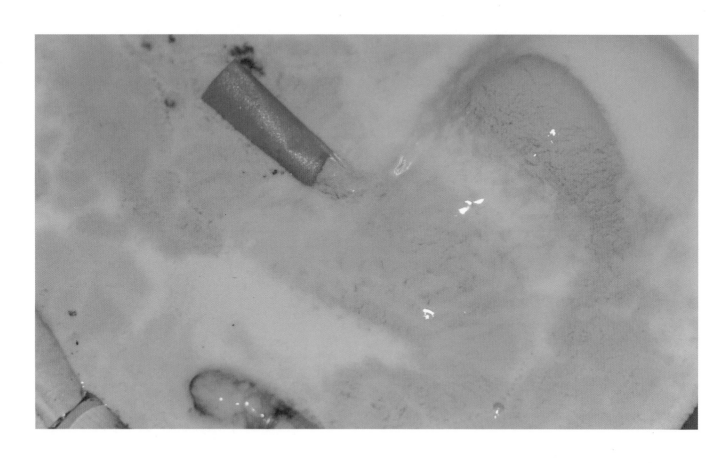

데이터 스모그

티브이 채널이 범람하는 시대
데이터 스모그에 시달리는 뇌가 과부하 된다

갖가지 저명한 건강 프로그램들
적정한 성분들로 무장한 생물학적 몸들이
치열하게 공방을 벌인다
신비스러운 생명은 언어로 해체되고
기억 속 추억은 나를 지우며 뭉그적거린다
영성靈性들은 데이터에 갇혀
하늘로 가는 길을 잊은지 오래고
신흥종교로 숭배를 받는 휴대폰
검색창에 장수의 비법이 뜬다

계량저울로 관리된 한 끼의 식사가
수명을 연장하는 불로초

불멸의 역사로 남은 만리장성 주인공
진시황제가 알았으면 화들짝 놀랄 비법이다
기능을 상실한 저승명부
신에게 "당황하셨어요?" 라고 물으면
참으로 웃을 일이다

호모루덴스,
유희적인 본능을 가진 인간의 미래가
스스로에게 걸어놓은 주술로 찬란했다는 걸

링거에 매달린 뇌사상태의 생명들
생명줄을 놓지 않는 질긴 손
불로초 그 끈질긴 근성이 두렵다

호모파베르*

아담은 게임이 무언지를 몰랐다

에덴동산에서 산은 몸으로 말 했고
물은 흐르는 시간으로 말을 했다

도구를 사용하기 시작한 아담은
자연을 해체하여 수많은 상징을 만들었다
상징적인 가장 큰 빌딩을 건축하고
가장 긴 상징적인 다리를 건너온 아담은
상징 사회의 상징이 되어갔다

자신이 만든 회사에 입사하지 못해 백수가 된 아담은
숫자로 인간을 읽는 스펙 란에
'에덴동산 출신의 인간'이라고 적었다

2018년 8월 현재 체감실업률 11.8%
청년들 실업률은 도구가 지배하는 세상의 식민지 비율
상징 기호만 있는 아담의 자기소개서에는
도구를 위한 도구에 의한 생만 기재되어 있다

갈 곳을 잃은 아담은 게임 프로그램 안에서
새로운 아담을 창조 한다
게임에 몰입하면서 스스로 추방의 길을 택한 아담은
가상현실 안에서 새로운 자기소개서를 쓴다

'도구를 쓰는 인간 출신' 아바타 아담

* 도구를 사용하는 인간

제 5 계급에 열린 선악과

세상의 하와들이여!

나를 다운로드 하세요

분노를 힘으로 바꾸는 사이트

천민을 면천시키는 비의가 이곳에 있어요

1+1…은 힘을 늘리는 눈 덩이

제5계급이라 칭하는 대안언론은

에덴에 사는 능구렁이보다 현란한

말ᄅ로 우리를 유혹하고 있어요

천민의 귀에 속속 들어오는 말로

1계급 정치인 작태를 풍자하거나

자본가 돈에 눈 먼

4계급 언론 헤드라인 기사를 패러디하면서

천민을 한 계급 상승을 시키지요

거친 말투로 1+1…을 무한대 힘으로 만드는

이곳에서 당신은

존재하지 않지만 존재하는 정략가이지요

천민이 원하는 유토피아가 뭐 별건가요?

세일하여 팔아넘긴 내 말이 1+1…의 권력이 되는

이곳이 유토피아지요

당신의 1이 요리조리 세상을 장악할 수 있어요

악惡 악惡 악惡 비명을 지르는 세상이 싫을 때

제5계급에 열려 있는 선악과,

과감히 나를 다운로드 하세요

디지털 호모나랜스

손가락이 모여 앉은 수다방에서 말▐들이 트랙을 달린다

소리 없이 한 걸음씩 달려가는 말

기수가 사라져도 내 말은 영생불사 시간을 갖는다

블랙홀이면서 블랙홀이 아닌 사이버 공간에서

꿈틀거리는 육중한 말의 근육

0과 1 디지털 신호가 깜박거리며 세상에 증거를 남긴다

삭제 자판을 눌러도 스스로 백업하는 말들

가면을 쓰고 나레이션을 하는 말들이 복제를 한다

사이버 공간을 휘저으며 어디선가 들려오는 채찍질,

막장으로 질주하는 말들이 등짝을 후려친다

워워, 결승선 앞에서 제어 당하는 말

새로운 뇌로 부상한 손가락

세상의 신경세포들이 연결되어

나도 모르는 내 이야기가 스토리텔링 된다

* 이야기하는 사람.

질주 욕망을 팔아요, BJ 시대

금기의 벽을 넘어 그는 자동차 속도계를 높인다

뱀의 유혹을 삼킨 이브 행위는
신의 경계를 넘은 첫 번째 질주이다
신의 자아를 걷어내는 일은
인간만의 생을 갖기 위한 생존 요건
달리고 달려 달려서
신화를 탈주하는 도피 행각이 역사이다

역사는 질주에 능한 종족의 기록

느린 걸음을 걷는 무리가 질주의 욕망을 만든다
세상을 위반하는 길로 달리는 카레이싱
그의 질주가 당당해지자
질주하는 무리로 거듭난 사람들은 그에게

별풍선 시위를 힘껏 당긴다

세상길이 모두 아우토반인 그에게는
곡각의 지대에서도 제동장치가 없다
브레이크를 밟는 순간 질주의 가치는 사라진다
세상이 금기하는 목록들
신호등 위반, 속도위반, 중앙선 넘기 정도는 해줘야
추락을 감지하는 아슬아슬한 줄,
끊어질 듯 팽팽했던 생의 줄타기가 느슨해진다

한 대 카메라로 질주의 욕망을 파는
그는 1인 방송국 BJ

'질주 욕망을 사세요'
'금기의 계기판을 올리면 별풍선을 힘껏 쏘아 주세요'

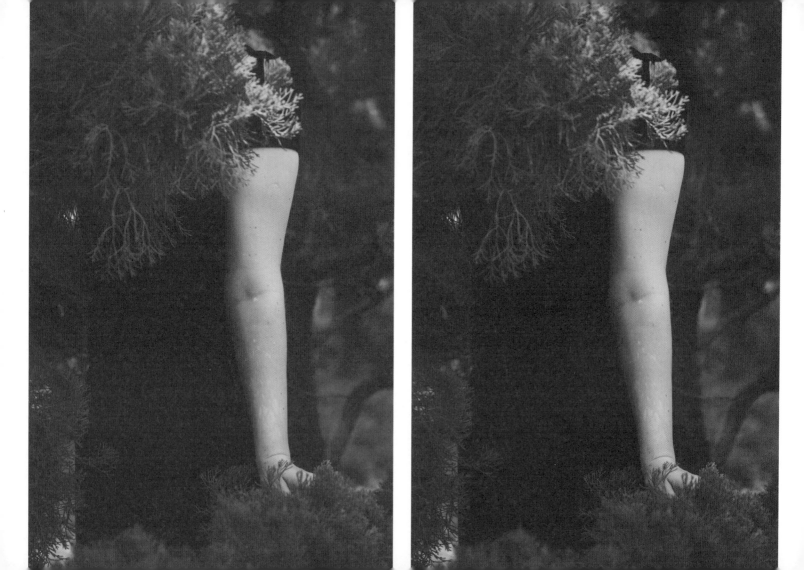

-인쇄가 시작되었습니다

인쇄가 시작되자 여성은 사라지고,

새로운 남성이 내게 말을 건다

굵직한 목소리로 내게 다가오는 황당한 그의 존재

여성에서 남성으로

성을 전환한 너를 순간적으로 밀어 낸다

인연이라는 것은

좋은 기억으로 연결된 끈이 있어야 가능한 것

기억에 없는 너를 새로이 입력 한다

이름: 삼성 Myjet 516 여성에서

이름: 삼성 Myjet Plus 2400 남성으로

유전인자를 정정 한다

성대 하나만 수술했을 뿐인데

파동 치는 감정이 왜 이리 다를까?

어제는 여성이었던 너에게는 근조등을 걸어두고,

활기찬 남성으로 내게 오는 너에게

썸을 제안한다

감정이 우정에서 사랑으로 변환되어 인쇄 된다

-인쇄가 완료 되었습니다

-존재의 인식이 완료 되었습니다

욕망의 작살

몽골 야생마가 풍덩 바다로 뛰어 든다

쇼윈도 쇼핑 전시물이었던 산호초 붉은 옷을 몸에 휘감으며, 그는 어군魚群과 어우러지는 유영을 마침표 찍는다 옆구리에 장착한 작살의 날카로운 비늘이 욕망을 포획하는 스쿠버다이버 장비로 돌아온다

바다와 동반자로 살아온 그가 몽골 야생마로 변한 건 지난 밤 누군가와 다툼이 있은 후다 눈에서 풍기는 비린내, 조절되지 않은 감정의 잔해가 바다에 풍파를 일으킨다 그가 한 결정적인 실수는 초원을 질주하는 야생마로 물고기를 포획한 것, 홈그라운드에 맞지 않는 심리전을 펼쳤다는 것이다 소유하고자 하는 욕망의 질주에 눈멀어 바다 시계를 보지 못했다는 것이다

욕망의 속도를 주체하지 못한 작살이 물고기를 관통하여 그에게로 날아간다

식재료로 전락한 생선과 나란히 병렬되어 있는 그의 주검

명중되지 않은 욕망이 살아 움직인다

2부

아래층은 위로
위층은 아래로
콘크리트벽으로 뿌리를 내리면서
사각사각 문패를 다듬는 소리를 피운다

IS 강박증 = 가면사회

'ISA 통장의 출시'란 문구에 놀라 가면을 쓴다
내 정체를 얇은 도화지 얼굴로 가리고
수상한 거동을 하는 세상을 뚫어놓은 눈구멍으로 본다

눈구멍으로 스펙트럼 되는 불온한 기운

어느 한 사람이 마스크를 IS 복면이라 하자
마스크 쓴 무리가 스멀거리며 한 덩이 액체로 움직인다
끈적끈적한 불안이 유동하는 공간에서 사람들은
테러리스트들이 씌운 가면,
경고등이 켜진 과녁판을 보듯 마스크 무리를 본다

폭력의 상징이 되어버린 복면
불안을 합리화하는 마음은 예능프로그램에서
가면이 가왕인 시대를 만든다

또 다른 눈구멍으로 스펙트럼 되는 진실 게임

진실을 가면 속에서 찾는 실언이 여기저기에서 쏟아진다

인간이 술래가 되어 인간을 찾는 가면사회

IS 강박증, 복면의 불안이 가면 쓰고 농담을 한다

야생의 생기론

말들이 갈기를 날리는 정글로 간다 마우스로 조심스럽게 클릭, 한 발을 허공에 내딛어야 보이는 맹수들 잔털, 수많은 회선 속에 날리는 은어隱語의 공격을 피한다

정글의 심장부에서 일렁이는 광대한 늪지대, 발이 빠지는 길 위에서 TV를 켤 때마다 지껄이게 되는 욕설을 떠올린다 욕설이 내뿜는 숨결의 독소는 80명을 죽이는 치사량, 전략가인 정치가 한 마디 명령인 버튼살인의 치사량은 예측을 할 수 없다

오만한 게르만 종족의 실언인
히틀러 버튼은 600만 유태인을 가스실로 보내고
노회한 전략가 소신인
처칠의 버튼은 700만 인도인을 기아로 죽게 했다

은근슬쩍 한번 내뱉어 보는 씨발놈들아, 거친 말들이 달리는 댓글에서 히틀러와 처칠이 악수를 한다

씨발놈들아, F, F, 온라인 언어론은 쌍권총 학점

원초적인 몸뚱이로 활개를 치는 야생, 광기어린 말들을 사살 한다

스토리텔러의 자질

내밀한 세상 중심은 한정되어 있어

안으로 접근할수록 가속력이 커진다

중심에 서고 싶은 욕망이 그리는 세상의 트랙 안에서

질주를 한다는 착각은 금물이다

중심을 향해 가는 청춘들 기울기가 위태하다

청춘의 꽃들은 할머니가 피우는 옛날이야기

손자에게 말할 추억 씨앗을 파종할 기억이 없다

신기한 세상을 펼치는 할머니 이야기는

아이들을 성장하게 했던 주술

아스팔트 위에서 자란 끈질긴 질주가 등을 밀 때마다

소곤거리며 피는 할머니 말들

기억은 링거줄을 타고 똑똑 한 방울씩

마음을 환기하면서 떨어지곤 했다

느린 걸음으로 기억이 되는

할머니 주술은 도서관 어딘가에 처박혀 있다

질주하는 시간은 이야기 맥락을 끊는 작두날로 서 있고

중심을 향해 가는 청춘들 몸은 허공을 향해 달려간다

가속도가 붙으면서 더 기울어진 옛날이야기

입사의 문에 들어서면 이미 시들어 있는

청춘들 이야기꽃은

트랙 밖을 느리게 뛰어온 마라톤 선수에게 핀다

마라톤 선수가 스토리텔러가 된다

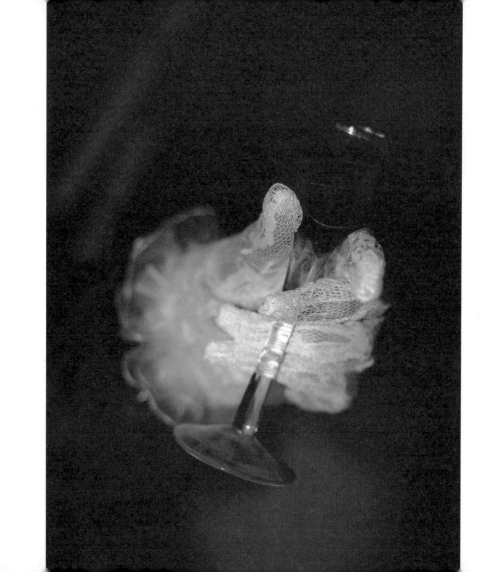

채널과 채널을 돌리는 사이

쇼호스트가 고독한 나에게 말을 건다

50년 만에 몰려온 추위를 당신은 어떻게 견디고 있나요?

- 예. 어두운 동굴 속 석화石花로 피고 있어요

남극의 흰곰도 부러워할 모피를 한번 입어 보실래요?

- 아! 돌에다 뿌리를 내리느라 꽁꽁 언 발, 시린 것을 어

떻게 알았나요

따스한 밍크로 온몸을 위장하면 석화가 생화로 핀다는

걸 당신은 알고 있죠?

- 예, 석고로 굳은 내 몸이 은밀하게 웃음살을 피우겠어요

그럼 이제, 콜 센터에 전화를 걸어 우리에게 도움을 요청

하세요?

- 풀지 않은 택배들의 장벽이 나를 가두고 있지만, 흔쾌

히 그럴게요

전화를 걸었는데 또 다른 당신이 전화를 받아요

ARS 자동 전화는 고독을 할인해 주는 장치

때로는 복제 음성이 손난로 같아요

콜 센터 안내원 당신 목소리는 영혼에 혈류血流를 넣는

링거

한순간이지만 나는 나로 사는 것 같아요

주문 완료 버튼을 누르자 불현 듯 드는 의문

그런데,

당신은 누구세요?

그
악
스
러
운
한
생
애

그악스러운 목청으로 난청을 뚫는
빌딩 숲 매미가 파르르 소름에 떤다

72억 명 생명을 퍼트려 지구를 장악한
인간의 인해전술 전략은
도로로 산으로 바다로 하늘로 질주하여
난청의 산맥을 만든다

인간 외에 다른 생명들 주파수는 혼선이다

소리 능선의 장벽을 감지한 매미들은 그저
목청을 높이는 순리만 알 뿐
날이 선 분노를 유머로 돌리는 해학적인 노련함,
인간과 짐승의 경계에 풍자가 있다는 것은 모른다
인간의 위세에 눌려 그저 그악스러워진다

언젠가는 내가 가야할 윤회의 자리
한 생애 그악스럽게 울 준비를 해야만 할 것 같다

무관심에 방치되는 공격성攻擊城
성城이 무너져 터진 헤드라인 뉴스
묻지 마오 살인자 목청이
한 여름 매미 울음과 어우러진다

공중파 뉴스 헤드라인 13번 환자의 부고장이 뜬다

사람 이름이 사라진 지하철 통로에 앉아 이간질을 하는
13번 환자, 누군가의 기침소리에 얼굴을 피하는 건너편 의자
는 터널이다 어두운 터널 안 사람의 움직임은 고요하고, 바
이러스 공포만 왁자지껄 소란스럽다

이름을 잃어버린 환자에게 세상은
이유없이 몰매를 때리는 거대한 채찍

통성명을 한 적이 없는 14번 환자와 15번 환자가 부고장
에 나란히 친구로 기록 된다 세상을 감염시키는 바이러스 종
種으로 분류 된다

무혈혁명의 꿈을 꾸는 메르스

79번… 100번… 바이러스 아메바 몸체는 심리적 분열을
조장하고

수상한 기운이 세상을 침묵에 담근다

들킬세라 등 돌리고, 제 집 도어의 비밀번호를 누르는 아이 등에 푸른 꽃이 핀다 내 등에도 피어 있는 푸른꽃, 소리 없이 도시를 돌리는 컨베이어벨트 위 사람들은 허공에 눈을 심고 엘리베이터 모퉁이에 피어 있다, CCTV 카메라 사정거리 안에서만 더 잘 웃는 이웃들, 그들은 1207호, 1206호로 유세를 하면서 서로에게 인사를 한다 나를 지우고 나를 알리는 나는 나를 잊는다 문패를 걸지 않은 이웃들을 나는 1006호 아이들, 907호 할머니로 기억을 한다 그리고는 들킬세라 등 돌리고, 투표용지함 같은 아파트 도어 숫자 사이로 쏘옥 들어간다

아래층은 위로

위층은 아래로

콘크리트 벽으로 뿌리를 내리면서

사각사각 문패를 다듬는 소리를 피운다

우리는 관람 중

TV 안에서 박제된
인간이 수다스럽게 웃는다
수다스러운 입술을 따라 수다스럽게 웃는
인간의 입꼬리가 잔망스럽다

호동그란 고양이 동공에 비치는
공격 의지를 상실한 인간
야옹 야옹 웃음을 지으며 고양이
인간을 관람한다

지난 밤 경계심을 세웠던 발톱은
느긋하게 몸 안에 접어놓은
유리창 너머 고양이를 나는 관람 한다

관람하는 눈가 일렁이는 인광에

푸르게 펼쳐져 있는 종족 간의 해부학
고양이 관점에서 고양이를 보면서
나는 야성을 이해하려 해본다

도회적으로 진화한 도도한 야성으로
나는 고양이를 관람하고
고양이는 뭉툭하게 퇴화한 내 손톱으로
나를 관람 한다

유리창에서 피어나는 평화로운 경계선

고양이가 삼킨 들짐승 꼬리가
쉽게 내리는 내 꼬리를 세운다

원본의 흔적 지우기

새겨진 원본을 그녀는 삭제 한다

잦은 미용시술로 변형되는 신의 섭리와 인간의 족보는

어린왕자가 꿈꾸는 상상의 별나라로 사라지고

여우가 현혹하는 사막을 정복하는 꿈으로 가득하다

원본이 사라져도 유전자는 삭제되지 않아

오히려 세상이 원하는 인터뷰

시대적인 패러다임에 호응하기 위한

몸의 화술話術이다

성형은 이제 하나의 장신구에 불과하다

귀고리를 바꿔 달 듯 눈트임을 하고

안경을 바꿔 끼듯 코를 수정하는 일은

진보적인 성장기 방식

프로포폴, 신데렐라 주사의 주입으로

그녀는 더 깊이 은닉 된다

콘크리트로 시공된 얼굴 표정

감정의 줄기에서 생기가 사라지면

저승사자도 허탕치고 돌아간다

그녀는 그녀 속에 있는데

그녀를 찾을 수 없는

-나 찾아 봐라!

진실을 찾아다니는 술래잡기

인생을 성형해버린 그녀, 어디에도 없다

고리타분한 가면, 오리발

너를 속이기 위해 나는 오리발 가면을 쓴다

언젠가 네가 내밀고 간 오리발 몸통이 자라

내 안에 둥지를 틀었다

정체를 드러내지 않는 불신이 알을 품어 부화를 했다

너를 닮은 불신이 껍질을 깨는 출산의 시간에

데미안의 싱클레어가 떠오른 것은 왜일까?

불신의 알은 새로운 세계에 눈을 뜨게 한 아프락삭스였다

오리발에는 오리발이라는 진리를 깨닫는 순간이었다

증발하지 않는 늪의 인간, 가면이 얼굴을 조인다

세상과 나의 경계가 되어버린 오리발은

민낯의 세상이 두려워 더욱 두꺼워진다

오리발을 생필품 팔듯이 내미는 뉴스 채널에서

얼굴을 돌리고

흥미진진한 야사野史만을 회고하는 토크쇼에 몰두 한다

망각은 세상을 여는 가장 쉬운 열쇠지만

망각한 일들이 환청이 되어 달그락거리는

오리발 가면이 언제부턴가 숙명이 되었다

의도적 망각이 늪으로 자라 출렁이고 있는

고리타분한 가면, 오리발

나는 나를 속이기 위해 오리발 가면을 쓴다

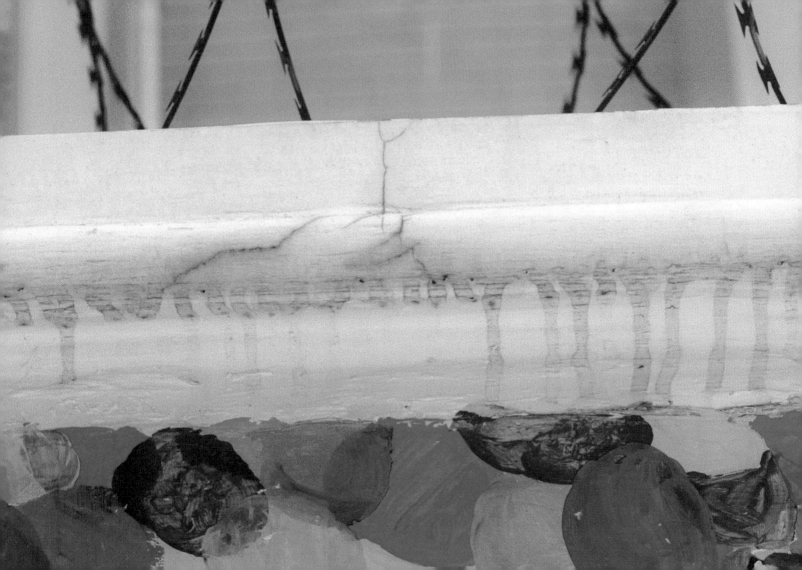

1+1, 토로스만 남는 쇼핑센터

회색빛 세상 무드에 우울증을 앓는 당신에게
1+1, 무지개빛 현실을 덤으로 주는
쇼핑센터로 안내를 할게요

게이머가 되어 PC방 컴퓨터 전원을 켜면
뼈 소리와 함께 분리되는 몸과 머리
의자에 앉은 몸이 걷기를 망각한 구두를 봐요
가상현실로 들어간 머리는
빛의 속도로 생을 미는 시계, 아이슈타인을 만날 수 있어요

두 개의 현실을 교묘하게 붙인 접착테이프
덤으로 얹은 현실을 칭칭 동여매는
전자회로 끈적거리는 촉감이
지겨워하는 생을 가속도로 낭비하는 것을
당신은 몰랐을 거예요

명확하게 생을 낭비하는 비법
생각 많은 머리를 가상현실로 가는 관람차에 태우고
물질 덩어리로 남은 토로스와 함께
시간을 즐겨 보세요

전자회로 꽃술에 수정을 하는 1+1의 세계
시간이 누수 된다는 단점은 있지만
동백꽃 모가지 툭 떨어지는 죽음의 환청에서
벗어날 수 있을 거예요

몽매한 치욕을 기억하지 않으려는
이기적인 머리의 욕망을 꺼내 지불하고
1+1, 생을 덤으로 얹어 팔아 성업 중인 PC방
저절로 시간이 낭비되는 공간으로 가 보세요

광
고
카
피,

플
러
스

이
데
올
로
기

-빼!

땅 위에선 목련꽃이 피고 있는데
지하철 안에선 날씬한 몸매를 가진 여자가
비대한 여성들 욕망을 빼들고
상큼한 포즈를 취하고 있다

-망설이지 마십시오.

뒤질세라 망설이지 않고
개나리, 철쭉이 철없이 동시에 피고 있는데
바쁘게 돌아가는 세상에 장단 맞추느라
세상 꽃들이 한꺼번에 피는데
신용불량 따위를 망설이고 있습니까?
지구 수명은 언제 다 할지도 모르는데

전화 한 통이면 대출이 가능하지 않습니까?

지구온난화 때문에 당신은

-편안한 숨을 원하지 않습니까?

편한 호흡을 원한다면 로터리 한의원으로 가세요
사통발달로 뚫린 그곳은 바람이 불어
우발성 욕망으로 호흡이 가픈 당신 몸을
카드 한 번 빼는 것으로 해결해 주지 않습니까?

그런 후에 청정지역에서 내놓은

-부동산 시장을 먼저 선점 하십시오.

지구온난화를 피해 갈 좋은 땅 한 평에 30만원
카드만 한 번 휙 그으면 가능한 현실이 아닙니까?

욕망에 편승하려는 당신의 도우미
광고카피는 플러스 이데올로기의 전략
하차란 없습니다

3부

하루에도 몇 잔씩 커피를 마시는 습관을
몸은 텍스트로 기록 한다
성분을 바로 반영하는 생물학적 존재성과
바로 거부하는 사회학적 존재성이 충돌하는 그 곳

문명을 반영하는 몸의 텍스트

1. 허리

내 몸 속 일개미들은

커피 성분을 재빨리 스캔하여

허리로 내려 간다

비대한 여왕개미 한 마리가 웅비를 틀고 있는 허리

자극적인 카페인으로 신경은 들떠 있고

하루에도 몇 잔씩 커피를 마시는 습관을

몸은 텍스트로 기록 한다

성분을 바로 반영하는 생물학적 존재성과

바로 거부하는 사회학적 존재성이 충돌하는 그 곳

일개미들은 깃털을 터는 상상을 한다

2. 날개

도시에 사는 비둘기 일개미들은
등산객들이 준 과자의 성분을 재빨리 스캔 한다
탄수화물, 설탕 등 성분을 영차영차
날개에 튼튼한 개미집을 짓는다
깃털을 땅으로 내리는 날이 많아진 새들 날개는
야생을 거부하는 날들이 많아지고
생태계 텍스트가 사라진 그곳에서 일개미들은
인류로 걷는 상상을 한다

3. 허리와 날개의 상관성

완만한 곡선을 이루고 있는 새들 허리
날지 못하는 사람의 허리는 가늘다

하늘로 오르게 하는 힘은 날개가 아니라
뚱뚱한 허리의 균형성
잉여의 성분들을 군살로 받아들이는 허리 속성은
여전히 날기를 포기 못한 욕망의 반영
다이어트가 번성하는 한은 인류에게
비상이란 진화는 없다

태생부터 사형선고다 탕! 탕! 탕! 여기가 어디라고, 황금색 물결로 도면을 짜는 벼 무리에 미천한 피 뿌리가 감히 어디라고,

혈통 다른 계급에 뿌리내린 집행유예 날들이 위태롭다

한 생의 날들이 존재감을 위해 재물을 찾고, 명예 찾는 것인데, 존재로 인식되는 순간 나는 사형대에 오른다 폭염을 견뎌온 몸을 스쳐 지나는 날刃, 저승으로 가는 플랫폼 문은 어디서나 열려 있다

살 권리를 강탈하는 일이 자연계 형법 몇 조에 있는 항목인지
순수한 혈통을 가진 생명에게 계급의 서열이 무슨 소리인지

무자비한 검거령 속에서 나는 우주의 시계視界를 환기 한다 미천하다고 당당하지 못할 이유는 없는 법, 황금물결로 세상을 설계하는 무리를 비웃으며 나는 빳빳하게 목을 세운다

탕! 탕! 탕! 나를 저격해 보라고

소리로 꾸는 꿈

감각털로 세상을 듣는 고래는 소리로 꿈을 꾼다

황무지를 달리는 나를 감지한 듯 고래는
뿌연 젖을 분비하며 심해로 잠수 한다
진화의 끝을 미지未知로 남겨두고
과거로 되돌아간 고래는
어느 연대기에서 '견물생심見物生心'이란 말을 깨달은 것
일까
'견물생심見物生心'을 부추기는 사람 눈은 판도라 상자
꿈을 열어버린 사람은 쉴 새 없이
어디론가 달려가야 하지만
열지 않아 봉인된 고래 꿈은
깊은 뿌리를 수평선에 감으며 풍성해진다

눈을 감아야만 미지의 땅이 열린다는 것을

고래는 알고 있다

이기적인 욕망을 소화하기에만 급급한 사람은

위가 하나이지만

세상을 한 덩이로 공유하려는 고래는

위가 여러 개 방으로 나뉘어져 있다

날렵한 해초 몸이 한 평생 흔들리면서도

고통이 아닌 의미로 팔랑거린 것은

바다가 한 덩이로 굴러가는 세상이라 그렇다

무리지어 산란하고

무리지어 유영을 하는 그들에게 먹이사슬은 있지만

계급은 없다

어쩌면 가장 이상적인 사회는

소리로 듣는 세상인지 모른다

소리로 듣는 세상은 한 덩이 어둠이라서 꿈이 나래를 친다

익사한 내 꿈을 고래가 소리로 건져 올린다

거울신경질

몸의 일부가 사라져 살^殺이 출렁이자
거울이 신경질을 낸다

건강한 시간이 사라진 살갗에 울리는 환상통
느슨한 바느질에도 몸 라인에 꼭 맞던
청춘에 대한 기억이 아직도 싱싱하다
싱싱한 기억의 중력이 어디서 늘어져 버렸는지
블랙홀을 향해 사라진 살의 족적을 찾아
그믐달로 이지러져 있는 피부 한 자락을 당긴다

시간이 흐르면
헐렁한 사이즈로 생을 입는 것이 몸인데
세상에는 새로운 바느질로 몸을 성형하는 광고로 넘쳐
난다

흘러간 시간에 화장을 덧입히면
거울이 화사한 표정을 지을까?

사통팔달로 잎맥을 뻗어 가치쳐 온 주름은
자유로운 길을 걸어온 몸의 증거
신경질 내는 표정마저 인멸한
루게릭병 걸린 몸은
무성한 잎맥이 몸 안에 자라는 감옥이다

신경질도 내며 살아야 잎맥에 꽃눈이 튼다

갈수록 헐거워져 사이즈가 딱 맞지 않는
몸을 보며 거울은
황홀한 신경질을 낸다

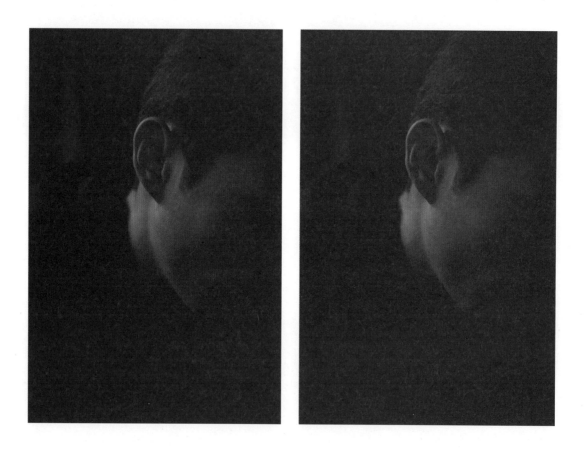

이명 耳鳴

파르르 달팽이관들이 비상등을 켜고 날개를 편다
이명은 억압한 몸이 지르는 비명 소리
집안일로 생긴 굳은 어깨 근육통과
글 쓰면서 생긴 머리 통증이
몸을 버리고 어디론가 활강을 하려고 한다

세상 질서에 호응하기 위해서
무질서하게 방치해 놓은 활주로
고통스런 몸의 활강을 외면했던 시간들이
귓속에서 파르르 파르르
이명으로 울린다

내 몸 혈관들이 헛바퀴를 돌리며
강한 스트레스 펀치를 날린다

정신과 치료를 받아야 낫는다는
스트레스가 윙윙거리는 소음
신경안정제와 항우울제, 진정제로
내 몸을 통제해야 하는 건지,
연극적인 평화를 위해 또 다시 침묵을 해야 하는 건지

내 몸 어디선가 활강을 준비하는 통증
굳은살로 굳은 의식을 깨우며 파르르 파르르
몸이 비명을 지른다

레지스탕스 요새

장남,

아내의 자리는 무너지지 않는 철의 장벽

순종을 해야 사랑을 받는 인형의 자리이다

제도적 윤리가 부당하다고 느끼는 순간

그 자리는 저항을 해야 하는 레지스탕스 요새가 된다

세뇌로 이미 윤리적 인간이 되어버린 나와

맹목적인 복종과 희생에 의문 부호를 붙이는 21세기 내가

이중적인 저항을 한다

이 둘의 총구가 탕! 탕! 탕!

서로에게 총질을 한다

구시대와 신시대의 경계를 밟은 장남,

아내의 자리에서 그 경계는 이중의 압제

나를 찾기 위한 고독한 게릴라전,

사람의 숲을 뒤지고 다닐수록 내 존재가 없다

존재감이 없는 며느리가 평화로운 집을 짓는다!

허울 좋은 평화에 강요되는 심리적인 노예

홀로 저항하고, 홀로 휴전협정을 맺어가면서 평화를 유지하는

나 홀로 레지스탕스 활동

길들여져 인형이 된 몸의 습관과

저항의 충동이 내 안에 공존하면서

게릴라전을 한다

평화의 숲에 매복하고 있는 윤리,

강한 스트레스 펀치에 훅! 가는 장남 아내 자리는

저항군을 길러내는 레지스탕스 요새

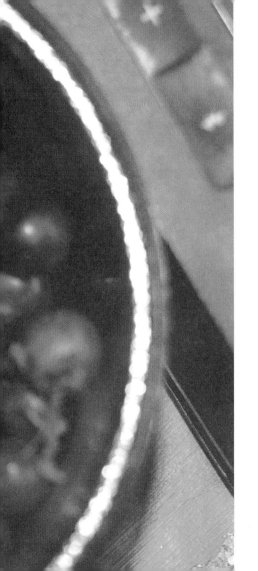

행복한 잔뿌리

눈주름 자글자글한 여자가 거울 안에 웃고 있다

바람 든 무꽃에 지는 시간을 품에 안고

다소곳이 앉아 있는,

풍혈이 지나간 몸 살첨의 골짜기마다

정체모를 구설수가 드나들고

수상한 눈빛이 드나들고

눈치 빠른 벌레들은 제가 앉을 갱도를 파고 있다

세상이 나를 간지를 때마다

미세한 발 뻗으며 자라나는 웃음들

냉소冷笑는 태양을 향해 쏴라!

심장을 세척한 웃음이 구불구불한 눈가주름

행복한 잔뿌리로 자라 있다

직립의 통증

네 발로 걷는 짐승의 자태로 암벽을 오른다

진화한 시간을 거슬러 올라간 두 손의 감각이

최초로 직립을 시도한 인류의 성장통을 체감 한다

생각의 싹이 터 오르면서

짐승과 인간이 한 몸에 공존했을 그들이 본 것은

광활한 하늘이었을 것이다

하늘이,

먹이에 대한 욕망을 전진의 욕망으로 바꾸었을 것이다

예로부터 인류에게 하늘은

생존의 본능을 넘어서게 하는 긴 장대,

채워지면 또다시 비워지는 욕망을 담는

미지未知의 품성을 가진 그릇이다

미지未知의 품성을 가진 그릇의 실체로 인해서 인류는

제 뿌리에 대한 성찰을 죽음 너머에서 해야 하는

운명에 처했을 것이다

뿌리를 몸 안에 품고 째깍째깍 걸어온 시간

조상들 몸에서 뻗어 나간 뿌리인 듯 하늘에 구름이 뭉그

적거린다

하늘에 뿌리내린 줄기를 두 손으로 잡으려는데,

구부렸던 등뼈가 펴지면서 아악! 짐승의 철장을 닫는다

강하게 진동하는 추, 뿌리가 내 몸을 흔들면서

꼿꼿이 나를 직립시켜 길 위에 세운다

저 멀리 하늘로 가는 길, 인류의 행렬을 따라 간다

욕망의 계기판에 통리역은 헛돌고

스위치백 레일을 기어가는 티켓을 한 장 산다
질주를 내려놓고 뒷걸음하는 세상 길

내셔널 지오그래픽 갈피에 숨은 마추픽추 가는 길, 스페인 바이러스에 무력해진 마야 전사들을 떠올린다

기차가 터널을 지날 때마다 욕망의 계기판이 올라간다

혼곤한 강물에 매달린 물지렁이 절벽을 타오르고
능파에 등이 휜 전깃줄은 산맥을 타고 올라
폐광촌 알전등을 열렬히 켜던 시간을 새긴다
검은 산비탈에서 미끄러지던 아이들 웃음소리
진폐증 걸린 분진마저 완행 기차를 따라 칙칙폭폭…
느린 속도로 돌던 욕망은 기억에 이식되어 있다

붉게 충혈 된 신호등이 깜·박·깜·박
한순간 터널에 갇혀버린 통리역
스위치백 레일은 이제 어둠을 향해 달려간다

한쪽으로 기울어버린 스위치백 레일 티켓

탄광촌 풍경과 기차 안 내가
어우러져 하늘 깃 수평을 함께 잡던
한 덩이 세상이 욕망의 계기판에 헛돌고 있다

승리의 주술

"야구가 잘 되어야 집구석이 편하다."

연이은 패전에 의욕을 상실한 부산 남자들이
롯데를 좆데라 부른다
함성이 가득한 물결로 일어서지 못하는 야구팬들
선수들에게 내던지는 심리적 변화구가
홈런이 되지 않아
라인 밖 파울로 떨어져 철망을 향해 굴러간다

에이! 좆데다 좆데, 철망 속 야생화조차
밥만 먹고 야구만 하는 너거들, 그거밖에 못하나
마! 마! 마!
야유와 지탄 속에서 허덕이고 있는 좆데의 방망이 소리
패배한 팀을 다시 일으켜 세우려는 열망이

욕으로 발기 한다

성을 담보로 하는 욕은 불안이 낳은 희망
안타에 홈런이 연이어 터지기를 바라는 심리적인 비아
그라
승리를 기원하는 팬들의 주술이다

좆데가 롯데가 되는 날은
수신제가 치국평천하가 이루어지는 날
부산남자들에게 야구는 인생이다

* 사직 야구장에서 팬이 들고 있는 플래카드의 내용.

사람꽃

소형 바퀴를 단 다리라
1차선을 당신에게 내어드립니다

'고마워요' 하며 깜박이는 비상등
긴 장벽을 손쉽게 넘는 당신의 동공이
심장에 한 송이 행복을 피웁니다

타오르듯 붉은 빛깔은 아니지만
은은하게 피어나는 생의 순간
어둠 속 내 발이 제어장치를 풀고
자지러지게 웃습니다

더 빨리 질주할 가능성을 가진
생을 인정할 수밖에 없어서
나는 기꺼이 2차선으로 물러납니다

깜박 깜박거리는 기계인간
온화한 세상의 눈빛이 느껴지는 날은
꽃 중에서도 왕이라는
모란꽃이 내 속에 피는 날입니다

사람이 환하게 피는 날입니다

미
로

폭염이다
이글거리는 인광이 고양이들을 태워버리고 없다
도도한 프레임을 세우며 빤히 나를 응시하던
고양이들 꼬리가
촘촘한 열기의 그물로 사라져 버렸다

열흘 동안 집을 비우면서
나도 모르게 몽골 초원에 데려가
방생해버린 고양이들

마당 앞 왕벚나무가
폭염 속 미로로 들어선다
한 잎 한 잎 제 살결을 까맣게 태우며
풀들만 사는 몽골 초원을 향해간다

야생이라 방치해버린 가족 아닌 내 가족
사막으로 가는 길
폭염 속 미로에 갇혀 운다

샴쌍둥이 시계

1. 상사화

상사화 몸에 잎과 꽃 두 개의 시계가 등대고 있다

흘러내리는 달리의 시간이 종잡을 수 없듯

잎은 꽃이 떨어지는 시간을

꽃은 잎이 지는 시간을 종잡을 수 없다

꽃숭어리 하늘로 뻗어도 내 속의 나는 무심한 듯

옹이로 곪아가는 그리움 때문에 사람들은

이 꽃을 상사화라 한다

내 것이나 내 것이 아닌 것으로 생생하게 감각되는 자아

기억의 줄기에 매달린 것이 없어 허공을 걷는다

허한 궁륭을 걷는 몸 허기에 갇혀 있는 사랑

그리움은 내가 아닌 나를 만나서 생기는 것이다

내가 추락해야 내가 비상하는 실존

내 속에 볼 수 없는 내가 있어 한 몸이 두 얼굴로 산다

돌려 보고 싶지만 돌아서지 않는 너
그리움은 흘러내리는 달리의 시계이다

2. 꽃무릇

　선운사 입구에 붉은 꽃무릇이 한 마당 피어 있다 기억
의 줄기를 뚫고 올라오는 붉은 동백꽃, 술집작부 입술에 핀
꽃이 선운사 절 입구에 제 존재를 드러낸다 기억은 그리움이
낳은 사생아, 선운사에만 오면 떠오르는 서정주 시인의 시
구절, "동백꽃을 보러 왔는데, 술집작부의 입술만 빨갛게 피
어 있다", 꽃무릇은 가난한 시절의 누이들을 아련한 그리움
으로 안고 있다

　역사 속 옹이로 핀 술집작부 붉은 입술,

젓가락 장단에 맞춰 담금질한 노래, 내 그리움은 변절한
시인이 아니라 울림이 가득한 한 편의 시이다

4부

사과를 따낸 숫자만큼
어미의 욕망은 비례하고,
여자의 욕망은
반비례한다는 것을
나무는 저렇게 비틀어져
온몸으로 내게 말한다

하동 완행버스, 오라이

길가 벚꽃은 분단장하느라 분주하고
시골길 먼지 속을 달리는 완행버스
중년의 차장 얼굴에는
불그스레한 단풍이 주름살 깊이 피어 있다

봄꽃이 하는 화장에는
살 에는 추위가 개화한 흔적이 묻어 있고
중년의 여자가 하는 화장에는
한여름 더위가 낙화한 흔적이 묻어 있다

들뜨는 얼굴을 분으로 감춘 중년의 차장
버스 의자마다 같은 형태로 피어 있는
뽀글뽀글한 허연 머리꽃
할머니들은 일제히 차장만 바라본다

이름 모를 정류장에 버스가 도착하면
어떤 정류장에는 백일홍을 옮겨 심고
어떤 정류장에는 패랭이꽃을 조심스레 옮겨 심는 차장
낯선 여행길에 오른 여행객도 덩달아
차장 얼굴을 바라보며
어떤 꽃으로 정류에 옮겨질지
가슴을 설레며 기다린다

동여맨 할머니 보따리를 헤쳐 풀며
시원시원하게 뿌리를 뻗는 단풍나무
화사한 벚꽃을 제치며 최참판댁을 향해 간다
늙은 서희 아씨를 만난 듯
수다스러운 온기가 피는 하동 버스
꽃보다 예쁜 단풍이 분주하다

유쾌한 환자

참으로 아름답고 사랑스러운 한 남자가 웃는다

'서야 할 자리를 찾아서 행복하다'는
박누가 외과의사 입에서 피는 말
무감각한 심장에 화사한 온기를 피운다

몸 깊숙이 뿌리내린 암 덩어리조차 마치
흘러서 주체를 못하는 사랑인 듯 보듬고 사는
그는 필리핀 오지를 돌며 환자들을 돌본다

행복이란 것에 대해 너무 많은 욕망을 품는
나를 무안하게 하는 그는
시한부인 생을 환자에게 나눠 주며 산다

가진 게 없어 유쾌한 얼굴이 날개짓 한다

심장에 박힌 옹이를 들어내는 상승기류
바람이 타고 오르는 길 사이로 햇살이 비친다
사람이 서야 할 자리를 아스라이 비추는
행복을 빼곡하게 담은 씨앗 통

사랑스러운 한 남자가 TV에 환한 천공天空을 연다

굿
바
이

부고를 알리는 문자가 왔다

상주들 눈물에 흥이 나는 저승가이드

마지막 여정이 궁금해?

"궁금하면 500원"

-저승 여행 티켓은 살아 있는 자들이 지불하는 겁니다

망자의 관 위에 저승 갈 노잣돈이 쌓인다

화설 ^{花雪}

리무진을 타고 저승으로 간다

햇살 속 무더기로 떨어지는 화설

등골 시린 꽃들 자식은 도시로 보내 놓고
해빙기에야 터지는 첫 꽃눈처럼 할머니는 입술을 연다

'나도 저승 갈 때 리무진 타고 싶어'

자신의 호사에는 결코 풀지를 않았던
꼬깃꼬깃한 지폐들이 들어있는 오색 빛깔 복주머니
저승길 리무진을 타기 위해 노자로 남겨놓았다

죽어서야 이루는 소망,
화설花雪이다

황홀한 낙화이다

완행열차 한 량, 어머니

지난 가을
열매를 따낸 사과나무 행렬은
처절히 탈모 중이다

사과를 따낸 숫자만큼
어미의 욕망은 비례하고,
여자의 욕망은
반비례한다는 것을
나무는 저렇게 비틀어져
온몸으로 내게 말한다

낙숫물이 들이치는 교정에서
어머니 몸이 휘어진다
월사금을 내지 않아 벌을 서는
나를 보면서 속앓이를 하던 꽃판,

울음통을 삼키며 하늘을 멍하게 보던
어머니는 낮달이다

어머니 흰 등골 안에서 하얗게 핀 산고대

자식은 어미를 가두는 창살 없는 감옥

해 뜨고 저물어도
고장 난 완행열차 한 량, 어머니
사과가 떨어진 꼭지에 걸려
정차하고 있다

치욕의 묘비명

무덤까지 투쟁을 하는 할머니 인광이
슬픈 칼날로 서 있다
휠체어 바퀴가 구르는 광장에서 투쟁을 하는
할머니에게는 제대로 걷지 못한 역사
뿌리가 감겨 있다

일제의 침략전쟁 보급품으로 살아온 풀

짓밟히고, 은폐하면서 견뎌온 끈질긴 몸뚱이
죄인 아닌 죄인, 무기수로 살아오면서
강제로 끌려가던 그날의 기억에 수감되어 있는
해맑은 소녀의 얼굴이 아릿하다

수인번호 1945, 일제가 누명을 씌운 소녀들

빗장이 열리는 듯 세상은 요란을 떨었지만
위악한 일본 말에 살을 저며 내고
역사를 묵인한 정부에 실어증을 앓았다

위안부 할머니들 위안은 오리무중

비밀번호를 굳게 감춘 역사 감옥은
해방이 되었는데 해방이 되지 않는
고통스러운 화인火因,
치욕을 삶의 한 문장으로 새겨 넣어야 하는
할머니 묘비명은 위안부

정치의 가면

마르크스에게 이데올로기는
이상수의 사회로 가는 전략이지만
이 시대 이데올로기는
정치가 세공한 가면이다

살육의 대가를 치르면서 우리는
이데올로기 민낯을 보았다
아픈 철책을 넘어온 이데올로기는 여전히
민중을 현혹하는 가면으로 세공된다

북한 핵과 미군의 사드는
국민을 위한 평화의 깃발이 아니라
가면 뒤에 은폐한 정치적 술수
흉물스러운 무기이다

'눈에 눈, 이에는 이'의 소통은
온 세계를 테러의 현상으로 만들고
형제에게 서로 총구를 겨누게 한다
수십 년을 비무장지대 묻은 이데올로기를
핵으로 서로 파헤치려 한다

국민을 뇌관으로 사용하려는 정치적 야욕
온 나라에 평화를 켜는 국민의 촛불이
가면을 불태운다

이장 移葬

장렬하게 저야할 꽃이 아직도 만개하고 있다는 것은
가야할 시간이 가지 않고 머물러 있다는 증거이다
누군가에 붙잡혀 가지 못한
혹은 가지 않은 시간이 은닉하고 있는 곳을 찾아
햇미나리 향기가 흩어지는 미나리꽝을 뒤진다

어린 병사들이 첨벙거리는 군화 발자국 내 귀를 세운다

50년대 어느 날 장렬한 시간이
50년대 어느 날 찢어진 심장의 깃발이
장렬하게 저야하는 병사들을 만개시키고 있다는 것은
누군가가 그때의 시간을 붙들고 있었다는 증거

오랜 세월 차가운 물에서 뿌리내린 정강이뼈들을
증거로 내미는 그들을

시계를 싣고 달리는 기차에 태운다
총칼에 맞은 유언이 가지런히 명패로 배열되어 있는
관들이 마지막 군가를 부른다

해빙기 봄날은
어린 병사들만의 계절만이 아닌
수많은 미나리꽝들이 피어낸 역사歷史의 계절이다

도저히 감지 못한 눈들이 그대로 있어
6·25는 장렬하게 질 수가 없는 꽃이다

혁명은

그로테스크한 무늬로 번진 창녀 붉은 입술,

누구의 소유가 아니라서 처절하게 자유롭다

입술의 경계 밖으로 뻗어나간 붉은 빛은 체게바라 불꽃

5·18 사진 속에 투옥된 젊은 청년

가마니로 덮은 몸에 붉은 입술 뻗어 있다

세상을 출소한 체게바라 불사르고 있다

풍경을 찾습니다

정글 도시를 헤쳐 나온 나비가 한 마리
폐선 한 레일을 따라 간다

지친 날개가 쉴 수 있는 풍경을 그리는 길

하늘 스피커에서 흘러나오는 플랫폼 안내방송
나비는 날개의 고도를 높여
추억 티켓을 파는 송정역 역사를 찾아 간다

완만한 속도로 달리는 동해남부선 철길 따라
격정을 누른 해안의 푸른 절창
매 시간 추임새를 넣던 기적 소리가 보이지 않는다

걸쭉한 목소리로 한 판 놀던 무궁화호
시끌벅적한 사람 냄새 부대끼는 풍경은

붉은 경고등,
입을 다문 정지 팻말로 외로이 서 있다

고도를 낮추어 하강하는 나비 저편

아스라이

풍경이 사라지려 하고 있다

만삭의 어미 - 가덕도 등대

국수봉 절벽에서 방사되는

가덕도 등대 불빛은 언제나 만삭이다

연이어 출산을 해도 희망을 꺼뜨리지 않는

뱃길의 에덴동산

등명기 렌즈 프리즘 끝에는

비릿한 젖 냄새가 난다

자박자박 작은 걸음으로 귀항하는 어선 소리

긴 항해 끝 선박을 기다리는

어미의 퉁퉁 불은 젖줄이 파도에 출렁인다

희망을 줄줄이 낳아 바다로 산란하는

가덕도 등대 뒤태를 돌려 세워 보면

구한말 100년을 버텨온 등대문화유산 제8호

주산신항 뱃길을 품은

만삭의 어미가 웃고 있다

요리는 가상현실이다

요리사인 그는
생명을 재구성해 제3의 의미를 만드는
행위예술가

침묵한 생선의 입술을 벌려 심리적 부검을 한다

바다 속 한 생을 맛으로 환원해내는 작업
그물 안에서의 마지막 슬픈 기억을
망망대해로 나아가던 유영으로 기억하게 해야
식자재의 살맛을 제대로 환생해낸다
급속하게 냉동한 시간을
생생한 기억으로 분출되게 하는 비법은
살아온 결을 잘 다스리며 부검을 하는 요리사의 애정
오랜 냉동의 시간을
칼칼한 육성의 증언으로 맛을 보게 하는 일은

도마와 칼날이 갖는 사소한 각도의 차이
노련한 요리사 손길이다

약간이라도 삐끗하면
존재의 의미가 혀에 닿기도 전에 사라질 것은
자명한 일

요리사는 리얼리티가 아닌
생명을 해체하고 재구성하는 포스트모더니스트,
요리는 가상현실이다

시 | **정진경**　2000년 ≪부산일보≫ 신춘문에 시로 등단하여 시집 『알타미라 벽화』, 『잔혹한 연애사』, 『여우비 간다』를 냈다. 평론집『가면적 세계와의 불화』, 연구서『후각의 시학』이 있으며, 부경대와 동서대에 출강하고 있다.

오후시선 02

사이버 페미니스트

ⓒ 정진경·이몽로 2019

초판1쇄 인쇄 2019년 1월 24일
초판1쇄 발행 2019년 1월 31일

시	정진경
사진	이몽로
기획	김길녀
펴낸이	이대현
책임편집	이태곤
편집	권분옥 홍혜정 박윤정 문선희 임애정 백초혜
디자인	안혜진 김보연 홍성권
마케팅	박태훈 안현진

ISBN   979-11-6244-359-0 04810
        979-11-6244-304-0 (세트)

펴낸곳   도서출판 역락
출판등록   1999년 4월19일 제03-2002-000014호
주소   서울시 서초구 동광로 46길 6-6 문창빌딩 2층 (우06589)
전화   02-3409-2058
팩스   02-3409-2059
홈페이지   http://www.youkrackbooks.com
이메일   youkrack@hanmail.net

책 값은 뒤표지에 있습니다.
잘못된 책은 바꿔드립니다.

「이 도서의 국립중앙도서관 출판예정도서목록(CIP)은 서지정보유통지원시스템 홈페이지(http://seoji.nl.go.kr)와 국가자료공동목록시스템(http://www.nl.go.kr/kolisnet)에서 이용하실 수 있습니다. (CIP제어번호: CIP2019000245)」